LE PETIT-FILS

DE

MADAME ANGOT

Bouffonnerie en un acte

PRÉCÉDÉE D'UN

PROLOGUE EN VERS

PAR

TIMOTHÉE TRIMM

EN VENTE :

AU PARADIS DES ENFANTS

156, rue de Rivoli, & 1, rue du Louvre.

PARIS

LE PETIT-FILS

DE

MADAME ANGOT

———

DU MÊME AUTEUR :

Le Mariage de la Poupée
Les Contes de Perrault

SE TROUVENT AU PARADIS DES ENFANTS

Ainsi que les Personnages, Décors & Théâtres.

— — — —

LE PETIT-FILS

DE

MADAME ANGOT

Bouffonnerie en un acte

PRÉCÉDÉE D'UN

PROLOGUE EN VERS

PAR

TIMOTHÉE TRIMM

....

EN VENTE :

AU PARADIS DES ENFANTS

156, rue de Rivoli, & 1, rue du Louvre.

PARIS

PROLOGUE

LE RÉGISSEUR.

Hélas, Messieurs, hélas, Mesdames,
Sur ce théâtre où tant de drames
Viennent dérouler leur noirceur,
Il nous arrive un grand malheur.
Ayant eu froid dans son costume,
Un artiste est pris d'un gros rhume;
Un autre a le nez écrasé,
Un troisième le bras brisé.
Quelques têtes, même, ô déveine!
Quoique en biscuit, en porcelaine,
Ont subi l'outrage d'un choc.
Vous savez qu'un simple toc-toc
Suffit pour que tout se détraque.
Le meilleur artiste ainsi craque.
Or, du sein d'un coffret de bois,
L'autre soir, s'élevaient des voix,

Disputant et faisant le diable ;
C'est dans ce coffre, en bois d'érable,
Que l'on met Messieurs les acteurs.
Manants, ribauds et grands seigneurs,
Arlequins, Pierrots, Colombines.
Commissaires à sombres mines.
Polichinelles, bons enfants,
Et les diables pas plus méchants.
Ces acteurs, à qui, par nature,
N'échappe jamais un murmure,
Se disputaient fort ce soir là ;
Pourquoi ? Le sujet, le voilà :

Certaine pièce, par la ville,
A chacun fait dire son mot.
Le public y court à la file.
On l'appelle *Madame Angot*.
Las de tous nos contes de fées,
De Polichinelle et Pierrot,
Nos actrices, bien attifées,
Rêvent aussi de cette Angot ;
Mais, leur dit-on, une opérette
Se chante... et ça les rend peureux ;
Acteurs de bois, marionnettes,
Ça doit avoir aussi du creux.
On allait répéter l'ouvrage,
Lorsque l'on vint dire aux acteurs :
Ce n'est pas encore de votre âge
Les hauts faits des conspirateurs.

Pourtant, afin que tout le monde
Soit d'accord, petits comme grands,
Nous allons chercher à la ronde
Si cette Angot eut des enfants.

Alors, nous pourrons, sans obstacle,
Monter un petit-fils d'Angot.
Voilà comment à ce spectacle,
Vous verrez Angot au maillot.

C'est l'histoire d'une poupée,
D'un hochet d'or et d'un tambour
Dont on a fait une épopée
Sur l'air à la mode du jour.

(Il salue et sort.)

Le rideau baisse.

DISTRIBUTION DE LA PIÈCE

POMPONNET.

ANGE-PITOU.

LARIVAUDIÈRE.

TRENITZ, incroyable.

CLAIRETTE.

Mademoiselle LANGE.

TOTO POMPONNET.

LE PETIT-FILS

DE

MADAME ANGOT

———

SCÈNE PREMIÈRE

MADEMOISELLE LANGE, PITOU, TRENITZ.

LANGE.

Ah! vous êtes chansonnier?

PITOU.

Pour vous servir...

LANGE.

Et vous chantez?

PITOU.

Les belles et le vin. — Vous, Madame.

LANGE, *faisant la révérence.*

Monsieur...

PITOU.

Votre belle amie, Madame Clairette de l'Angotière.

LANGE.

Vous êtes galant!... Ainsi vous trouvez Madame
Clairette jolie.

PITOU.

Et distinguée!!! quelle grâce, quelle élégance!

LANGE.

En vérité.

TRENITZ, *entrant.*

Ah! elle, cha.mante, cha.mante.

PITOU.

Qui cela?

TRENITZ.

La .eine de ces lieux d'abo.d... et la toute belle
Madame Clai.ette de l'Angotiè.e.

LANGE.

Encore?

TRENITZ.

Et distinguée! quelle g.âce... qu'elle élégance!

LANGE.

C'est décidément une maladie... Madame Clairette tourne la tête à chacun, et cependant...

TOUS DEUX.

Cependant...

LANGE, *pincée*.

AIR : *Madame Angot.*

Certainement j'aime Clairette,
Mais je vous avoue entre nous
Que je ne trouve sa toilette
Ni ses façons de si bons goûts.

Et, si je pouvais tout vous dire,
Si son secret était le mien,
A vos dépens je pourrais rire,
Mais. je ne veux en faire rien.

Certainement j'aime Clairette,
Mais son petit air tout penché
Voilà vous, ce qui vous arrête,
Ce grand air si bien affiché.

Mais. si j'étais méchante amie,
Si je pouvais tout dévoiler,
Vous vous moqueriez, je parie,
De ces grands airs tout le premier.

Certainement j'aime Clairette,
Mais ne dites pas si souvent
Qu'elle est en tous les points parfaite,
Car j'en juge tout autrement.

Et si vous cherchiez sous son voile
Qui cache un mystère certain,
Au lieu de votre blonde étoile,
Vous trouveriez... oh! moins que rien.

Et cependant j'aime Clairette;
Mais vous m'agacez à la fin.
— S'il est une femme parfaite,
C'est toujours celle du voisin.

SCÈNE II

LES MÊMES, LARIVAUDIÈRE.

LARIVAUDIÈRE, *entrant*.

Ah! délicieuse personne.

TOUS.

Qui cela?...

LARIVAUDIÈRE.

Une dame de cette maison où je suis entré pour un renseignement, Madame Clairette.

TOUS.

Elle! encore.

PITOU.

Elle vous a séduit?

LARIVAUDIÈRE.

Elle est si distinguée.

LANGE.

Vous trouvez ?...

LARIVAUDIÈRE.

Et l'on m'avait indiqué cette dame comme devant avoir des liens de parenté avec une... marchande de la Halle.

LANGE.

Vraiment?

LARIVAUDIÈRE.

Oui, une certaine Madame Angot, à laquelle il est arrivé toutes sortes de choses et d'aventures, et qui est morte en Turquie, en laissant un million de fortune.

TOUS.

Un million!

LARIVAUDIÈRE.

Et je cherche sa fille... qui est l'héritière... La fille d'une poissarde qui va être millionnaire!... Et on m'avait indiqué cette dame... Mauvais plaisant... je ne lui ai même pas ouvert la bouche de cette affaire... Elle est si distinguée !

LANGE.

C'est une gageure, décidément. Eh bien, Messieurs, je ne vous retiens pas. Vous pouvez aller présenter vos hommages à cette dame. J'attends une visite et je désire être seule.

TOUS.

Belle Dame !

(Ils saluent et sortent).

SCÈNE III

LANGE, puis POMPONNET.

Cette mijaurée, on ne parle que d'elle, de sa distinction!! Mais comment cela peut-il se faire, moi qui l'ai connue... si peu distinguée. Voici son mari, si, par lui, je pouvais savoir... Eh! bonjour, cher Monsieur Pomponnet.

POMPONNET.

Appelez-moi de l'Angotière, s'il vous plaît.

LANGE.

Ah! c'est juste, vous vous êtes anobli depuis peu.

POMPONNET.

Air : *Jadis les rois.*

N'est pas de l'or, tout ce qui brille,
Car de nos jours tout est clinquant;
Moi, sans rougir de ma famille,
J'ai pris un nom bien plus ronflant.
Ça ne prouve pas la noblesse,
Mais ça vous donne un petit ton;
Personne de ça ne se blesse,
On ne fait qu'allonger son nom.

Pour deux ou trois lettres à peine.
Ce n'est pas la peine,
Non, pas la peine, ma foi non,
De changer... quéqu'chose à son nom.

ENSEMBLE.

Ce n'est pas la peine, etc.

LANGE.

Il ne faut, pas à l'étiquette,
Juger les choses d'aujourd'hui,
Car pour vous, la preuve en est faite,
Le naïf serait mal servi.
Plus d'un bocal, sur cette terre.
Nous montre un écriteau ronflant.
Mais que trouve-t-on sous le verre?
Ce que n'est qu'un cornichon, souvent.

D'un grand nom notre bouche est pleine.
Ce n'est pas la peine,
Non, pas la peine, ma foi non,
Un grand cœur vaut mieux qu'un grand nom.

POMPONNET.

Vous avez raison, mais il faut être de son siècle.
Il faut en imposer au vulgaire. J'ai dit à ma
femme tu es la fille de trente-six pères.

LANGE.

Trente-six pères!

POMPONNET.

Elle en avait même plus que ça... tous les mar-
chands de la Halle lui en ont servi... Elle en a eu
jusqu'à 365.

2

LANGE.

Un par jour, alors?

POMPONNET.

Oui, mais j'ai rompu avec cette famille là et j'ai élevé ma femme au tambour.

LANGE.

Au tambour?

POMPONNET.

C'est une idée à moi, cela; elle était un peu commune, ma Clairette, elle mangeait les coudes sur la table, elle se fourrait les doigts dans le nez, elle se grattait la tête, elle attrapait les mouches, et, surtout, elle était mal embouchée comme sa mère... vous savez celle dont on dit :

« Pas bégueule.
« Forte en .....

LANGE.

Oui, oui, passons... revenons au tambour.

POMPONNET.

J'ai dit à Clairette il faut apprendre les bonnes manières, — et alors j'ai acheté mon tambour.

LANGE.

Pourquoi faire ?

POMPONNET.

Voilà. — Quand Clairette commet une infraction ou va dire une bêtise, *rrrran*, — un roulement, — et elle comprend.

LANGE.

C'est très-ingénieux.

POMPONNET.

Ah ! sans mon tambour... elle serait distinguée comme les gentlemens du marché des Innocents *(il imite les forts de la Halle)* Oh! la, la. De quoi? de quoi?

LANGE, *à part.*

C'est bon à savoir tout cela... Ah! Messieurs mes amis, je vais vous faire juger un peu la différence qu'il y a entre une femme distinguée et une femme que l'on mène... à la baguette.

(Elle sort.)

SCÈNE IV

POMPONNET *seul,* *puis* CLAIRETTE.

POMPONNET.

Eh bien, elle s'en va... sans rien dire... sans prendre congé. — Ah! si c'était Clairette, quel roulement... Et, la voici... et je n'ai pas mon tambour; heureusement que nous sommes seuls.

CLAIRETTE, *précieusement.*

Bonjour, mon ami... sais-tu où est bébé?

POMPONNET.

Ma foi non, j'arrive.

CLAIRETTE.

Ah! tu viens de faire des courses... M'apportes-tu enfin ce joli hochet d'or que tu m'as promis pour Toto.

POMPONNET.

Ma foi non... j'ai oublié.

CLAIRETTE.

Ah! encore... ce pauvre Toto, il va se fouiller.

POMPONNET.

Hein!

CLAIRETTE.

Tiens, tu n'as pas ton tambour!

POMPONNET.

Et tu en abuses.

CLAIRETTE.

Ah! écoute, rien qu'un instant... ça me fatigue
de le faire à la pose.

(*Elle prend le ton poissard.*)

AIR : *Marchande de marée.*

Faire la mijaurée.
La saint' Nitouche, ou bien
Sa Sophie, sa sucrée,
Ça m'embête, nom d'un chien.

Je me rattrape aux branches
Une fois par hasard,
Pour dir' poings sur les hanches
La grammaire du poissard.
    Quelle bosse!
    Quelle noce!
J' peux m'en payer à gogo;
    Pas bégueule,
    ..... Toute seule,
Je parl' comm' la mère Angot.

POMPONNET.

Ah! c'est trop fort... Si on l'entendait... Vite,
mon tambour.

(Il sort.)

CLAIRETTE.

MÊME AIR.

Pourquoi fair' des manières?
Carrément, allons-y.
De la Halle, les commères
Ont un langage choisi;
Quand quelqu'un les taquine.
Elles disent en chœur :
« Eh! Margot, eh! Titine.
« A Chaillot! et ta sœur... »
    Sans harangue,
    De leur langue.

Elles font trembler l'écho.
Pas bégueule,
Quand j' suis seule.
Je parl' comm' Madame Angot.

(Pomponnet revient avec un petit tambour. — Roulement.)

Elle change de ton. — Très-précieux.

Quel langage;
C'est. je gage.
La langue de cette Angot.
Pas bégueule,
..... De ma bouche,
Jamais ne vient un gros mot.

POMPONNET.

Rentrons, Madame; je tremble que quelqu'un ait entendu.

CLAIRETTE.

Et mon petit hochet d'or... Toto va le réclamer.

POMPONNET.

J'y penserai... mais rentrons, voici du monde.

(Ils sortent.)

SCÈNE V

LANGE, PITOU, TRENITZ, LARIVAUDIÈRE

LANGE *entrant avec eux.*

Je vous affirme que toute sa distinction réside dans un tambour.

PITOU.

Je connais la broderie au tambour.

LARIVAUDIÈRE.

Les exercices au tambour.

TRENITZ.

Mais la civilité, l'élégance, les g.âces au tambou., j'igno.ais complétement.

LANGE.

Ne me croyez pas; mais agissez... le complot est bien ourdi.

TOUS.

Oui.

AIR : *Conspirateurs.*

Quand on conspire
C'est que l'on a.
Faut-il le dire,
Besoin de ça.
Pour tout le monde.
Nous l'avouons,
Tous à la ronde.
Nous conspirons.

LANGE, *avec un soupir.*

Enfin...

TOUS.

Vous soupirez?

(Ils continuent)

Cœur qui soupire.
C'est qu'il n'a pas
Ce qu'il désire,
Même tout bas.
Tous, à la ronde.
Nous soupirons;
Notre cœur gronde.
Nous conspirons.

LANGE.

C'est dit... je vais vous envoyer la victime.

(Elle sort.)

LARIVAUDIÈRE.

Avec tout ça, je ne trouve pas cette Madame Pomponnet que l'on m'a indiquée à la Halle, comme demeurant ici.

TRENITZ.

L'hé.itiè.e... vous la t.ouve.ez, mon chè.

PITOU.

Est-il agaçant d'avaler l'r comme ça.

TRENITZ.

Pou.vu que ce ne soit pas celui que vous... espi.ez

LARIVAUDIÈRE.

Quoi... nous espi.ons.

TRENITZ.

L'ai. que vous espi.ez.

SCÈNE VI

LES MÊMES, POMPONNET.

POMPONNET.

On m'a dit que vous me demandiez.

LARIVAUDIÈRE.

Tiens, il n'a pas son tambour.

PITOU.

Ce ne sera pas facile de le lui prendre.

TRENITZ.

C'est v.ai... mais c'est facile de l'empêcher d'en jouer.

LARIVAUDIÈRE.

Parfaitement juste... Il raisonne quoiqu'il n'en ait pas l'air.

TRENITZ.

Je n'ai jamais l'ai. de .ien.

POMPONNET.

Enfin, Messieurs, que me voulez-vous?

LARIVAUDIÈRE.

Il y a dans cette chambre un animal fantastique que nous voudrions attraper... Etes-vous brave?

POMPONNET.

Mais...

LARIVAUDIÈRE, *aux autres.*

Laissez-moi faire... (*A Pomponnet.*) Vous êtes gentilhomme, à vous l'honneur.

POMPONNET.

Je suis gentilhomme... Ah! mais, attendez-donc un peu...

LARIVAUDIÈRE.

Nous n'attendons rien... En avant! (*On le pousse.*)

PITOU.

Et maintenant, fermons la porte.

TRENITZ.

Il est enfé.mé, pa.ole panassée.

LARIVAUDIÈRE.

Et maintenant, à la grande épreuve de Madame Clairette.

PITOU.

Oh! elle en sortira... plus distinguée que jamais.

TRENITZ.

Je vole au devant de ces dames.

(Il sort.)

SCÈNE VII

LARIVAUDIÈRE, PITOU.

LARIVAUDIÈRE.

Avec tout ça... je n'ai pas mon héritière... Et il s'agit d'un million.

PITOU.

Dites donc, si vous ne trouvez personne... pensez à moi.

LARIVAUDIÈRE.

Farceur! — Ah! voici ces dames.

SCÈNE VIII

LES MÊMES, TRENITZ, LANGE, CLAIRETTE.

LANGE.

N'ayez pas peur, ma chère enfant.

Air : *Elle est tellement innocente.*

Elle est tellement innocente,
Qu'elle n'en ose pas parler,
Marcher, bouger, ni respirer ;
Elle n'en est que plus charmante ;
Mais, sous cette grâce touchante,
Elle cache plus d'un trésor,
Mais gare à nous s'il prend l'essor...
Elle est tellement innocente.

CLAIRETTE, *précieuse.*

Que me voulez, chers Messieurs ?

LANGE.

Vous parler de la Halle.

CLAIRETTE, *effrayée.*

De la Halle ? Oh ! mon Dieu, et le tambour de
mon mari qui n'est pas là.

LARIVAUDIÈRE, *à part.*

De la Halle? quelle idée! (*Haut.*) Oui Madame, j'ai des recherches à faire pour un héritage d'un million... Je cherche la fille de Madame Angot.

CLAIRETTE, *éclatant.*

La fille de Madame Angot! — Un million!

TOUS.

Vous la connaissez?

CLAIRETTE.

Si je la connais! (*Prenant peu à peu le ton poissard.*)

AIR : *Vous avez fait de la dépense.*

Quoique je sois dans l'opulence,
Pleine de chic et d'élégance;
Quoique j'aie un vêtement urf,
Et qu'on m'acclame sur le turf.
De la Halle je suis partie,
Et je m'en flatte, si vraiment
Ya z'un million dans quelque testament;
C'est pas l'heur' de faire sa Sophie.
De la mère Angot,
Je suis la fille,
Et pour le magot
J' tiens d' la famille,

Regardez-moi, je suis tout d' go
La fille à Mame Angot.

TOUS.

Bravo ! bravo !

LANGE.

J'ai gagné mon pari.

LARIVAUDIÈRE.

C'est vrai... mais la fille de Madame Angot a gagné une fortune à laisser parler la nature.

CLAIRETTE.

Comment !

PITOU.

Oui... Madame prétendait que vous n'étiez distinguée qu'au son du tambour.

CLAIRETTE. *furieuse.*

Elle a osé... où est mon mari ?

LARIVAUDIÈRE.

Il va venir, mais...

CLAIRETTE.

Mais... avant cela, je vais lui créper le chignon.

Air : *Dispute.*

Ah! c'est ça; Madame l'Embarras.
Il faut que tu me passes par les bras;
J' vais t' montrer, sans faire un' ni deux.
Qu'elle est la plus belle de nous deux.
J' n' suis pas distinguée assez
Pour plaire à ton museau frisé,
Mais j'ai cet avantage là,
Que je vais te faire payer ça,
A coups de poing, à coups de pied,
Pour te prouver mon amitié.
Qui donc a commencé? — C'est toi;
Eh bien, je vais te finir, moi.

Aux autres personnages.

N' prenez pas fait et cause,
Car ça prouve, entre nous,
Les fill's c'est pas grand chose,
Les garçons rien du tout.

TOUS.

Elle nous prend en cause,
En prétendant surtout,
Qu' les filles c'est pas grand chose,
Les garçons rien du tout.

POMPONNET, *accourant.*

Ah! ah! me voilà... J'ai trouvé une porte dérobée... et j'amène Toto.

CLAIRETTE.

Mon ami... un événement.

POMPONNET.

Oui, j'ai entendu l'affaire... et je te pardonne tes écarts de langage... D'ailleurs, c'est nature, chassez le naturel...

TOTO.

Il revient au galop... Et aïe donc.!

POMPONNET.

Voilà. Bon chien chasse de race! et déjà celui-ci est le digne petit-fils de la célèbre Madame Angot.

TOTO.

Eh bien donc!... chacun prend ses ancêtres où il peut... Moi, je suis du temps de Fanfan Benoiton et de Toto... Tête légère... mais cœur solide...

Au public.

ENSEMBLE.

De ce canevas sans mérite.
Voici la morale en deux mots :
C'est au talent, c'est au mérite
Qu'il faut décerner des bravos.
De ses aïeux... c'est beau peut-être
De descendre... je le veux bien, —
Mais c'est bien mieux, — partant de rien,
De se faire un nom sans ancêtres.

FIN

Typ Berthier & Cie, rue de Rivoli, 152.

AU PARADIS DES ENFANTS
JEUX
MAISON
PERREAU FILS
JOUETS